natureza urbana

COLEÇÃO GIRA

A língua portuguesa não é uma pátria, é um universo que guarda as mais variadas expressões. E foi para reunir esses modos de usar e criar através do português que surgiu a Coleção Gira, dedicada às escritas contemporâneas em nosso idioma em terras não brasileiras.

CURADORIA DE REGINALDO PUJOL FILHO

1. *Morreste-me*, de José Luís Peixoto
2. *Short movies*, de Gonçalo M. Tavares
3. *Animalescos*, de Gonçalo M. Tavares
4. *Índice médio de felicidade*, de David Machado
5. *O torcicologologista, Excelência*, de Gonçalo M. Tavares
6. *A criança em ruínas*, de José Luís Peixoto
7. *A coleção privada de Acácio Nobre*, de Patrícia Portela
8. *Maria dos Canos Serrados*, de Ricardo Adolfo
9. *Não se pode morar nos olhos de um gato*, de Ana Margarida de Carvalho
10. *O alegre canto da perdiz*, de Paulina Chiziane
11. *Nenhum olhar*, de José Luís Peixoto
12. *A Mulher-Sem-Cabeça e o Homem-do--Mau-Olhado*, de Gonçalo M. Tavares
13. *Cinco meninos, cinco ratos*, de Gonçalo M. Tavares
14. *Dias úteis*, de Patrícia Portela
15. *Vamos comprar um poeta*, de Afonso Cruz
16. *O caminho imperfeito*, de José Luís Peixoto
17. *Regresso a casa*, de José Luís Peixoto
18. *Atlas do corpo e da imaginação*, de Gonçalo M. Tavares
19. *A boneca de Kokoschka*, de Afonso Cruz
20. *Nem todas as baleias voam*, de Afonso Cruz
21. *Hífen*, de Patrícia Portela
22. *Ecologia*, de Joana Bértholo
23. *Moçambique com z de zarolho*, de Manuel Mutimucuio
24. *Para onde vão os guarda-chuvas*, de Afonso Cruz
25. *Dicionário de artistas*, de Gonçalo M. Tavares
26. *Natureza urbana*, de Joana Bértholo

Joana Bértholo

natureza urbana

Porto Alegre · São Paulo · 2023

Quando a minha mãe morreu e me despediram do Salão, recebi tanto tempo livre que não sabia onde o pôr, a quem o dedicar, o que fazer com ele. Naquela altura, se bem me lembro, a minha única ambição era aprender a andar devagar. Queria poder olhar as coisas e pensar nelas de forma completa e sem interrupções.

Afligia-me saber que os dias se perdiam em mim. Cada qual se atarefava na pouco menos que infinita lista de tarefas diárias, sentindo-se curto para a extensão do feito. Só eu não contribuía para este jeito coletivo do mundo avançar. Era dona do meu tempo e não percebia a fortuna.

Tinha nascido e crescido ali, na cidade, nunca tinha tido meios para viajar — ou a minha mãe nunca tinha tido a paciência. Cresci com fantasias de mar, praia e casas de campo com piscina, das histórias outonais dos meus colegas de escola que regressavam das férias mais altos, sadios e de pele tostada. Mas foi só em adulta, quando dei por mim a sós com a cidade, que a vi como nunca a tinha visto antes — e a cidade era tudo o que eu tinha visto. Saía de manhã cedo e passeava até cair o dia. Qualquer direção era destino. O gosto que ganhei a estes trajetos compensou o evidente: ia porque não tinha para onde ir, nem ninguém para visitar.

A orfandade não me deixou desamparada. Herdei um apartamento nos subúrbios de duas exíguas divisões. Era tórrido no Verão e ártico no Inverno, mas tinha as dimensões justas para mim. A minha mãe, que Deus a tenha — habituei-me à expressão mesmo não sendo crente —, nunca me deu nada em vida, mas ao morrer deixou-me um refúgio. Digo *que Deus a tenha*, porque lhe acrescento, entredentes, *e que fique com ela*.

O meu pai nunca o conheci, nem nada sei dele. Um assunto tabu. Todas as famílias têm os seus, e a morte da minha mãe garantia que eu nunca fizesse as perguntas que toda a vida desejei fazer. Também não tive irmãos. Nem filhos, nem tios, nem família afastada, daquela que vive na terra, que se visita em fins de semana prolongados e nas festividades. Se existem, foram sendo repelidos pelo mau génio da minha mãe. Era uma mulher amarga, com o olho preso ao defeito, preconceituosa, lesta a arrasar. Morreu jovem, com cinquenta e dois anos, mas com aparência de velha. Se fecho os olhos, ainda vejo o seu rosto repuxado e esquálido, as olheiras polposas. Sinto-lhe o cheiro acre e mofado.

Nunca nutri qualquer raiva, malgrado a sua impiedade. Empenhei-me em imaginar o que podia ter acontecido que arraigara nela tamanha amargura. Guardei a nostalgia pela mãe que ela nunca soube ser e habituei-me à companhia dos meus sentimentos mais soturnos, como um gatinho que aquece o colo e não exige demasiado. Uma tristeza que ronrona.

Já no Salão, em contraste, era tudo alvoroço e alegria. Trabalhei no mais concorrido do bairro, daqueles a que não adianta vir sem marcação e onde nunca dá para marcar para a própria semana. Havia uma colega só para atender as clientes ricas da zona norte e escrever os seus nomes de duplo apelido numa agenda encadernada a napa. Essa era a que tinha estudos, a que sabia falar corretamente. Também para cuidar das mãos e dos cabelos se exigiam cursos, daqueles que entregam diplomas que as minhas colegas ostentavam, emoldurados, nas paredes do Salão. As poucas que não os tínhamos, éramos as que lavávamos cabeças. Eu pouco me ralava com hierarquias: gostava de mexer na água morna, do gesto desenvolto com que se cinge um turco à cabeça das clientes.

A minha mãe dizia que era sorte uma burra como eu ter encontrado um emprego daqueles. Azucrinava-me, que a qualquer momento se livrariam de mim: "Lavar cabeças qualquer uma lava". Eu garantia-lhe que era boa no que fazia, as clientes gostavam de mim, estava prestes a passar a efetiva. Mais do que isso, tinha reparado que as colegas, depois de três anos, passavam a contrato, parecia até estar na Lei. Faltava pouco para eu completar a minha trienal de cabeças lavadas, milhares se as tivesse contado, uma autoestrada de couro cabeludo. Iria finalmente ter um feito do qual me orgulhar, algo com que amansar a língua viperina da minha mãe. Só que, numa derradeira malvadez, ela morreu antes de eu completar os três anos. Ao entrar em casa e encontrá-la hirta, de cabeça tombada, boca lassa de batráquio estrangulado, o meu primeiro pensamento foi: *Ela não me vai ver eu ficar efetiva*. Sim, na altura expressava-me assim. Era muito inculta, e infeliz com isso.

Na manhã seguinte, quando cheguei ao Salão, a Dona chamou-me para uma salinha dos fundos onde as colegas trocavam de roupa ou comiam os restos engordurados do jantar da noite anterior, que traziam em tupperwares de cores garridas. Disse-me que eu não precisava de voltar, que tinha "extinguido" o meu posto de trabalho. Ora, eu desconhecia a palavra "extinguido" e não percebi o que estava a suceder. Respondi: "A minha mãe morreu". Nem sei porque o disse, que falta de decoro; podia, em vez disso, ter perguntado: "O que quer dizer extinguido?". E então ela diria:

"Que não há mais, que acabou", e aí, sim, teria feito sentido dizer "é como a minha mãe, também extinguiu".

A Dona pediu que me fosse, que não voltasse, repetia que o meu trabalho já não existia. Como não, se estão ali duas meninas a lavar cabeças? Se há tantas cabeças no mundo por lavar e isso não vai mudar nunca? Varreu-me dali como às pontas espigadas dos cabelos das clientes.

Não recordo sequer como cheguei a casa nesse dia. Recordo-me de ter acordado tranquila, na manhã seguinte, ao pensar que podia simplesmente ficar quieta. Que diferença faz? Que diferença faz estar no mundo e mexer coisas de um lado para o outro, ou estar onde se estiver, só sendo? Porque insistimos em cortar o cabelo, se volta a crescer, ou em lavá-lo, se volta a sujar-se?

Os objetos convocavam-me, a minha mãe recusava-se a partir. Revi as duas divisões com olhos de renovação, imaginando formas de as atualizar à minha imagem, mas não conhecia o suficiente acerca de mim própria para saber como o refletir num conjunto de utensílios, na disposição de móveis ou nas cores. Sabia que era burra e ignorante, porque esses eram os dois adjetivos que mais tinha ouvido na vida, e sabia que tinha sempre a cabeça cheia de perguntas e opiniões. Gostava de falar alto e preferia a comida salgada à doce. Sabia que a parte mais feia do meu corpo era o umbigo, que parecia a maçaneta de uma porta que ninguém desejaria abrir. Estava ciente de que era diferente e estranha, que não era habitual ter sempre sede, mesmo depois de beber, nem gostar tanto de colecionar coisas, sobretudo aquilo a que ninguém atribui valor. Tudo somado, que tipo de casa seria esta? Que tipo de pessoa seria eu?

Comecei por tirar os relógios das paredes, das mesas e das estantes. Contei catorze. Talvez por não se poder perder no espaço, imobilizada que estava por doença degenerativa, minha mãe devia temer perder-se no tempo. O galopar dos ponteiros agredia-me como se fosse ainda o tamborilar nervoso dos dedos dela sobre a mesa quando eu me demorava a servir o comer, ou o seu bafo cálido sobre o meu pescoço quando, em pequena, insistia em repuxar-me as raízes dos cabelos sob o pretexto de procurar piolhos. A severidade daquela voz era intemporal e ordenava-me que não fizesse nada com as minhas "patas sujas". Devolvi cada relógio ao seu lugar, apenas lhes retirei as pilhas.

Quando finalmente saí à rua, regressei com uma cortina nova para substituir a que tínhamos, manchada de humidade. Atraiu-me o amarelo garrido e os dois enormes sóis, sorridentes. Nessa noite quase não dormi, ouvindo a voz dela, as imprecações, as lamúrias, a crítica: que a cortina era de mau gosto, reles, vergonhosa, obscena. Eu nem sequer conhecia a palavra "obscena" — ainda assim, pensava-a.

Tentei várias mudanças subtis, todas em vão. A cabeça era tão metralhada de vitupérios que, rendida, devolvia o que quer que fosse à sua posição inicial. A única alteração de que ela não reclamou foi quando comprei duas plantas, altas e viçosas, uma para a entrada e outra para o quarto. A minha mãe detestava plantas, dizia que eram seres de silêncio ardiloso, falsamente estáticas, que aguardavam a noite para nos vir roubar o oxigénio, para nos asfixiar. Mas pode ser que em morta tivesse mudado de opinião.

Ela abandonou o sofá da sala, onde eu a podia evitar, e passou a estar por toda a casa. Sentia-me observada e incapaz de me livrar da sua voz tirana, pelo que fui passando mais tempo na rua, até que já só vinha a casa dormir. Foi aí que a cidade se começou a desdobrar diante de mim, com todos os seus carreiros e possibilidades.

Um dia, ao regressar, esperava-me à porta o Senhor da Funerária. Apoquentado, falava de dinheiro devido, dos custos das cerimónias cumpridas à letra, de acordo com instruções que a minha mãe deixara escritas. Cerimónias às quais ninguém compareceu. Foi a primeira vez que me ocorreu que estava a braços com um problema: não tinha como lhe pagar. Contei-lhe o que me sucedera no Salão. Não estava certa de como empregar a palavra "extinguido", mas assegurei-lhe que as mulheres da cidade tinham decidido não lavar mais a cabeça. O Senhor da Funerária era um homem bom, habituado a toda uma panóplia de reações perante a morte e a perda.

Fez-se convidado a entrar. Foi ele quem me conduziu ao sofá da minha própria sala e se dirigiu à cozinha para fazer um chá. Deu com os fósforos, o bule, as chávenas, o açúcar que só o tínhamos mascavado, porque o branco a mãe dizia que fazia cair os dentes, abrindo e fechando portinholas e gavetas, sem perguntar. Tirou um comprimido de uma caixa pequena que trazia no bolso, disse que me ia ajudar a ficar mais calma, mas deixou-me apenas sonolenta e vazia de mim.

Falou calma e longamente. Usava palavras que eu não entendia, mas não interrompi. Escreveu num papel a morada do Centro de Emprego, garantiu-me que havia Subsídios para pessoas na minha situação. Antes de sair, perguntou: "Quando vai buscar as cinzas da senhora sua mãe?", e eu assegurei que iria no dia seguinte, sem falta. Mas o dia seguinte perdi-o inteiro, numa só peça, no tal Centro de Emprego. Era um edifício extenso e confuso, onde comoravam vários serviços do Estado. Quando encontrei a repartição a que me dirigir, já tinha confirmado que era mesmo verdade, as pessoas que são despedidas têm direito a continuar a receber uma parte do seu salário, mesmo não trabalhando, até encontrarem um emprego novo. Achei isto de uma generosidade improvável, entusiasmei-me, mas cedo descobri que teria sido melhor não saber. Afinal, só eu não tinha direito, porque o dinheiro que a Dona retinha do meu salário para pagar ao Estado ficou com ela, não tinha sido descontado. Era a expressão de que a Funcionária abusava: "tinha de ter descontado", "são aqui muitos anos sem descontar", "eu queria ajudá-la, mas sem ter feito descontos, é difícil…"

Eu sabia o que era "contar", e sabia que podia *contar* números e *contar* uma história — mas não estava certa do que seria "descontar". Era tal a minha falta de preparação para o que me estava a acontecer.

Senti-me triste e desamparada, mas acatei. Estava acostumada a que a sorte fosse comigo uma exceção à regra. Lembrei do que minha mãe dizia, que o mundo não está feito para burros nem ignorantes, sobretudo se forem mulheres e se forem feias. A razão dela ganhava outra vez.

Dirigi-me para a saída com uma lentidão milimétrica. Se caminhasse devagar o suficiente talvez a realidade não desse por mim, não me esmagasse. Nem a meio da longa escadaria tinha chegado quando a intensidade com que me deixei absorver e a forma como jorrei a minha atenção me devolveu a certeza de que a mãe estava agora em todas as coisas, entranhada na matéria, um ubíquo olhar de onde me avaliava. Já não ouvia a sua voz há alguns dias — e até então nunca a tinha ouvido fora de casa —, mas, naquele momento, a sua constante censura aguilhoou-me, afinada e afilada como uma seta.

"Não!" — determinei. Não podia aceitar que ela assistisse àquele momento, que me visse novamente achincalhada. Ela não podia ganhar outra vez! Uma fúria acogulou em mim quando ouvi o seu refrão tão gasto: "Tu és me'mo burra!". Voltei-me, cravei os dedos no corrimão e encarei o lanço de escadas que tinha acabado de descer. Subi-as com uma firmeza desconhecida. Avancei para o guichê onde a funcionária que abusava da palavra "desconto" já descontava tempo de trabalho numa nova queixosa. Interrompi:

— Diga-me, não há mesmo nada que eu possa fazer?

— Er... Sim... Podemos tentar apelar ao Subsídio Extraordinário enquanto avançamos com um Litigioso.

Eram muitas palavras incompreensíveis.

— Sim, vamos fazer isso. Pode ajudar-me?

Ter tempo compensava a falta de tudo o resto. Projetei-me sobre uma série de aspirações difusas, mas não estava habituada a decidir nada para mim própria. A única orientação que tinha era a de querer voltar a estudar, mas sem saber se isso seria sequer possível para uma mulher de trinta e seis anos.

De todas as formas de pobreza, era a ignorância a que mais me pesava. Até das coisas que eu sabia duvidava que estivessem certas. Em que ponto da aprendizagem é que já não se duvida do que se sabe? Sonhava tornar-me uma pessoa que sabe coisas, mas quereria saber muita coisa sobre poucas coisas ou qualquer coisa sobre muitas coisas?

A minha mãe baseava a minha burrice numa dificuldade manifesta, que ainda carrego, com os números: contas de dividir e multiplicar, trocos na cantina, ler os ponteiros no relógio. Nessa altura, acalentava a esperança de que quem não fosse inteligente numa coisa o pudesse ser noutra, como se existissem diferentes tipos ou graus de inteligência. Eu sempre gostei de palavras. Talvez pudesse aprender inglês ou espanhol. Não poderia escrever por que a mãe dizia que as pessoas que escrevem não podem dar erros. Nem podia contar histórias, sou dispersa, perco-me facilmente...

A verdade é que gosto de falar. Gosto de frases em goiva que abrem sulcos no silêncio para a passagem de palavras imprevistas, que atrás trazem outras, num alinhavar de espanto. Toda a vida falei alto, estivesse só ou em companhia. Evitava fazê-lo fora de casa, pela forma como me olham, mas às vezes esquecia-me e tinha pela rua proveitosas conversas comigo própria. Havia sempre um momento em que da minha boca saía uma formulação absolutamente nova — era quase como ter um amigo.

Se é verdade que aprendi a sentir o tempo livre como uma bênção, também é certo que um sentimento de estranheza me invadiu. Havia um obstáculo: eu desconhecia-me profundamente. Não sabia o que fazer de mim, nem o que queria. Não sabia se tinha mesmo fome ou se era o hábito de comer ao meio-dia e meia o que me impelia. Decidi esperar até ter vertigens, jejuei até se tornar um insulto, e só então fui comer. Não sabia o que me apetecia. Tinha fome de quê?

Um dia, escutei-me dizer a frase "não trabalhar mais". Foi incompreensível. Toda a gente que conheci trabalhava. As personagens dos filmes e das telenovelas trabalham, e as pessoas só estão na rua porque estão a caminho ou a retornar dos empregos. Trabalhar é um modo de ser, o real pretexto detrás de cada cidade, e nunca tinha me ocorrido pô-lo em causa. Tagarelava eu em voz alta quando me surpreendeu uma frase demasiado intrépida para ser minha: "Vou ser livre. Não trabalharei mais". Assim: o título de um manual de instruções.

Nunca a questionei, não ousei desobedecer-lhe. Ocupei-me com passá-la à prática. Para tal, teria de resolver o problema mais imediato, o do dinheiro. Como subsistir sem trabalhar? O Subsídio Extraordinário era apenas um quinto do Salário Mínimo. Esse valor cobria os custos de água, gás, luz e pouco mais. Sentei-me na poltrona da minha mãe, defronte do televisor desligado, onde o meu reflexo elucubrava. Procurei um ordenamento de palavras que se assemelhasse a uma solução. Estava nisto quando me interrompeu o som da campainha. Era o Senhor da Funerária, aperaltado, carregando um volume ao colo como um bebé. Estendeu-mo. Eu agarrei, era pesado e não chorava. "Já lá vão seis meses", disse ele, "não podemos manter mais as cinzas da senhora sua mãe".

Pousei-a sobre o velho televisor cubiforme. O metal lacado reluzia no breu em que submergira a sala. Inscrito a finos traços amarelos e verdes, cintilava um delicado padrão vegetalista. As folhas das plantas que ela tanto detestava decoravam-lhe a derradeira casa. Olhei para a urna e aguardei os comentários críticos da sua voz, mas nada. Aguardei. Veredicto omisso: seria aquele o seu poiso, a sua morada eterna. Sentei-me. Deixei que o silêncio se arrumasse entre nós. Pelo menos assim não estava tão só.

Nessa mesma noite começaram os sonhos. Nunca fora pessoa que me recordasse de sonhos ao acordar; atribuía-o à minha pouca inteligência e ausência de riqueza interior. Despertava agora repleta de imagens, tão maravilhosas quanto assustadoras. Talvez me estivesse a tornar mais sensível, mais interessante.

Do primeiro nunca me esquecerei: um cacto. Um cacto tão frondejante que mais parecia uma árvore feita de cactos!

Nada sabia acerca desta planta no momento em que a sonhei. Tinha a vaga ideia de ser uma espécie que vinga onde nenhuma outra sobrevive, em condições diversas e inóspitas. Um cacto cresce lenta mas convictamente, e mantém-se de pé nas maiores adversidades. Isolado, armadilhado contra o seu entorno, de uma beleza que se considera agressiva — o cacto só podia ser eu. E se o cacto me representava, a resposta que buscava há dias só podia ser esta: não é para inventar formas de ganhar dinheiro, é para usar o melhor possível o que tenho. Subsistir na escassez, prosperar no deserto.

Esse primeiro sonho deu-me mesmo muita força. Os dias seguintes foram passados a analisar hábitos, gostos e rotinas, a separar o essencial do supérfluo e a divisar formas de prescindir de tudo o que não fosse fundamental. Informei-me acerca de alternativas viáveis para comer uma sopa ou para arranjar os dentes, e mesmo de receber roupa usada mas em bom estado. Penhorei e vendi online a tralha que tinha em casa. Quando a voz da minha mãe aparecia — "A mala de couro do teu avô! Larga isso, safada!" —, bastava-me pensar no cacto, ver da minha epiderme surgirem espinhos e do meu fruto emanar um tóxico (isto porque eu não era um cacto qualquer; escrevi na internet "ensina-me coisas sobre cactos" e descobri que existem cactos venenosos e espécies que podem viver até duzentos anos e só florescer aos oitenta. Estava a gostar cada vez mais de ser cacto!). Vendi tudo: o velho gira-discos, as imitações de prata, cinzeiros de vidro a fazer de cristal, napperons, molduras, uma bengala tosca, vinte e nove ímanes de frigorífico, dezassete almofadas (das quais catorze em bom estado), a coleção de flores de plástico e a de porta-chaves, a prótese auditiva, uma aliança. Teriam ela e o pai chegado a casar?

A essa quantia pu-la de lado para uma emergência. Vendi também o telemóvel, o dela e o meu. Além da internet, só o usava no Salão, para combinar os turnos ou para receber recados dela: "Traz *isto*, traz *aquilo*, demoras muito?". Por muito que fosse um alívio nunca mais receber uma dessas mensagens, preferia pensar que o silêncio se devia a não ter telefone, e não a ela nunca mais poder telefonar.

O mais difícil foi abrir mão da internet. Passava as noites debruçada naquela janela, a ver o meu reflexo no ecrã, ou o reflexo dos meus gostos, em horas de vídeos curtos e inconsequentes que se enganchavam uns nos outros sem que eu tivesse de fazer nada. Eles me entretinham, me divertiam, me ensinavam coisas novas, me transportavam a lugares diferentes, longe de mim. Aprendi muita coisa. Acho.

Passei a guardar as palavras novas que a conversa comigo própria trazia, que eu não sabia se existiam ou o que significavam: "querença", "divinuido", "abonatório", "subialado". Anotava-as para mais tarde perguntar a alguém — mas a quem? Decidi procurar formas de acesso gratuito à internet, e foi assim que descobri a Biblioteca. O melhor de tudo o que me aconteceu nesta altura foi ter descoberto a Biblioteca; ou melhor, o Bibliotecário.

Um espaço amplo e luminoso, com longos corredores paralelos, divididos por estantes cobertas de livros do chão ao teto. Nunca tinha visto tantos livros juntos — quem os leria? Essas pessoas também não deviam trabalhar; ler tudo aquilo era uma tarefa a tempo inteiro e para algumas vidas, opinava eu, justamente quando o Bibliotecário me repreendeu por estar a falar alto. Curioso, achei, não o incomodava que eu falasse sozinha — regra geral, é o que incomoda as pessoas —, desde que murmurasse.

Contou-me que, há centenas de anos, raras seriam as pessoas que saberiam ler. Uma Biblioteca teria de ser um lugar onde os poucos que o sabiam leriam em voz alta para os muitos que não podiam. As suas mãos finas e nodosas afagavam o ar enquanto falava. "Mas hoje em dia as Bibliotecas são pactos de silêncio, sim?". Eu acatei.

Passei a ir à Biblioteca todos os dias, mas nem todos os dias conseguia que ele me notasse, enfiado em listas de números e títulos que circulavam no monitor. O pretexto mais óbvio para entabular conversa seria os livros, mas eu não sabia nada acerca disso. Ler era aborrecido. Quando finalmente reuni coragem, disse-lhe que tinha terminado o livro que estava a ler e que não sabia o que ler a seguir, o que não era inteiramente falso, apenas omiti que o tinha terminado há mais de dez (ou quinze?) anos.

Saltou da cadeira e veio ao meu encontro. Percorreu o espaço, eu um pouco aflita no seu encalço. Estacou. Virou-se para mim, radiografou-me, tentou decifrar-me: que tipo de livros leria eu? Não podia dizer "nenhum", e dizer "não sei" denunciaria a minha incultura. Dado que andava a sonhar com aves, arbustos e falésias, furacões e tempestades, disse-lhe: "Natureza. Gosto de livros com Natureza".

Ao dizê-lo, a voz sibilina revelou-me uma verdade. Sim, talvez eu fosse isso: uma pessoa que gosta de Natureza e de comidas salgadas e que tem sede mesmo depois de beber. Talvez fosse essa a peça em falta. Estava presa à cidade, que adoro, com as suas linhas de metro e a água escura que expurga o alcatrão a despenhar-se nas sarjetas. Gostava de estar debaixo do tabuleiro da ponte na hora de maior trânsito, e dos reflexos do sol nos acabamentos em metal dos prédios altos, e de ir ao miradouro, à noite, ver o negro pontuado de luzes. Mas até aí pensava em pirilampos.

O primeiro livro que o Bibliotecário me passou para as mãos tinha no título uma palavra nova — *Herbário* — e nisso gostei logo dele.

O Bibliotecário não era o meu primeiro amor. Já amara um homem, franzino e tão alto que me obrigava a encarar o céu. Tinha um andar de puma e um olhar rapace. Era muito calado, mas sempre que falava dava nota da sua sabedoria. Não sei dizer se me enamorei dele ou do muito que ele sabia.

Foi a primeira pessoa que abrandou para olhar para mim. Na mesma pele branca suja de sardas, nos mesmos pulsos quebradiços, no mesmo cabelo negro escorrido onde outros viam banalidade e desinteresse, ele encontrava beleza. O meu corpo franzino chegava a ele com uma força desconhecida, mesmo eu sabendo, porque o ouvi toda a vida, que não passo de uma mulher vulgar.

Nunca soube por que um homem com tanto horizonte encurtava o passo para me fitar. Essa incompreensão incomodava. Mais, punha-me em perigo. Era como se, a qualquer momento, fosse entender que era tudo uma armadilha; uma piada, até. Sentia-me gozada. Não podia ser, isso de ele me amar. Não podia.

E assim entrei pelas diferentes fases do amor pesada de perguntas e não ditos. Tinha passado tanto tempo — toda a vida! — a idealizar o interior de uma relação amorosa, por aquilo que delas se pode ver de fora, que não a reconheci quando dentro dela. Não me envolveu em tranquilidade, não era cómodo nem feito à minha medida, não era nada do que tinha quimerizado. Em vez de amparo, sentia-me em queda. O meu corpo estava tenso e rígido. Não encontrava prazer, não conseguia relaxar.

Admito até que ele me observasse com carinho, mas o que eu via no seu olhar era pena. Tornou-se insuportável. Antecipar o dia em que me abandonaria tornou-se tão doloroso que afinal o larguei eu. Desolada, desfeita, já saudosa das suas histórias e do seu conhecimento, mas aliviada. Deixei-o; foi a única forma de evitar ser deixada.

Num passeio pelos arrabaldes, ele quis saber qual era a minha flor predileta. Senti pânico. Uma resposta mal dada seria o pretexto pelo qual ele me abandonaria — e eu conhecia mal as diferentes flores. Sabia sobre cores e feitios, que partilham nomes com pessoas e que não florescem todas na mesma altura. Conhecia bem os seus cheiros, mas não possuía vocabulário para o expressar.

Reparei à beira da estrada numa flor familiar que captara a minha atenção pelo desdobramento de cores, explodindo desde o seu coração. Apontei e disse: "Aquela". Ele pareceu surpreendido: "A Lantana?". Confirmei, falsamente segura. "Que curioso…" E naqueles três pontos de silêncio intrigado eu construí um veredicto final. A minha era a mais básica das respostas: ninguém tem uma flor de beira de estrada como favorita!

O espanto dele prendia-se afinal com o que ele via quando olhava aquela flor, e que não estava perante os meus olhos. Com um sorriso — condescendente? —, explicou-me que aquela singela planta, bonita, sim — ele concordava! —, era também uma "nociva invasora", assim o disse, num momento em que "nociva" tão-pouco significava algo. Mas "invasora", sim, eu sabia. Era mau. Não concebia que as flores pudessem ser más. Este homem afinal pensava como a louca da minha mãe, que achava que as plantas têm uma missão noturna de nos asfixiar! Eu tinha visto na televisão as plantas carnívoras que abocanham insetos e conhecia os seus espinhos, mas um e outro comportamento pareciam-me apenas a forma de um ser indefeso se proteger ou alimentar. Não entendia como podia uma forma de vida enraizada ao chão ser *invasora* — palavra cheia de avanço e veemência, que me fazia idealizar naus atravessando um oceano, batalhões que pilham e destroem tudo por onde passam.

Encarei a Lantana como se não a conhecesse de antemão. Parecia-me frágil. A sua flor, agora, mais bela. Uma coroa em tons de carmim contrariado por uma gradação de laranja e amarelo, em mínimas pétalas que irradiavam vontade. Ele explicou-me a origem da planta ("oriunda", outro termo novo), como tinha sido introduzida, as suas características, mas eu continuava sem perceber: que mal pode esta criatura causar?

— A invasora quebra as estruturas construídas pelas outras plantas, interrompe o funcionamento dos ecossistemas, fazendo com que nada se desenvolva em redor. Monopoliza recursos e reduz a diversidade. Pode fazer imensos estragos — disse ele.

Conhecia pessoas assim, e nunca tinha pensado acerca delas que eram más.

Se tivesse nascido arraigada, eu própria iria procurar formas de viajar, vingar em qualquer clima e lugar, ver riachos e autoestradas, varandas de casas ricas e saídas de esgoto. Eu, se fosse planta, seria uma invasora, concluí com brio. Ele baixou o olhar, mudou de assunto. Teria sido tão fácil para um homem daqueles desmontar os meus toscos raciocínios. Surpreende-me que nunca o tenha feito.

Era evidente que eu estava suspensa entre dois mundos: não tinha a educação dele nem das pessoas que estudam biologia, botânica, agronomia ou geologia, mas também não tinha a ligação direta à terra que se atribui às pessoas simples. Eu era uma pessoa simples urbana, uma planta que insistiu em crescer entre os paralelepípedos do passeio na rua mais concorrida da metrópole, cujo destino é conhecer a sola dos sapatos de milhares de turistas e transeuntes e respirar violentas concentrações de dióxido de carbono. Eu sabia chamar um táxi, mas não o rebanho; sabia levar uma muda de roupa à lavandaria *self-service* e trazê-la limpa, mas não levar um cântaro à teta da vaca e trazê-lo cheio. Não sabia atear fogo, construir um abrigo ou situar-me olhando as estrelas. Não conhecia o significado dos ventos nem descodificava as nuvens quando antecipam temporal. Os elementos do mundo em meu redor que eu considerava *naturais* eram indecifráveis.

A cidade, por outro lado, ensinava-me coisas incríveis. Em qualquer paragem de autocarro, até de olhos fechados, eu era capaz de distinguir as diferentes transportadoras apenas pelo som e pela forma mais ou menos ensonada de cada veículo frear. Os ruídos do metro eram-me mais familiares do que o som que imagino que produza um riacho ou uma cascata. Eu sabia estimar o preço de uma garrafa de água em qualquer café ou restaurante apenas observando quem o frequenta ou pelas opções de decoração, se tinha ou não o nome escrito em néon, a ementa em quadros de ardósia, mesas de mármore e vitrines em vidro boleado. Sabia usar o multibanco mesmo quando o sol devorara o contraste do ecrã, e sabia agitar uma máquina dispensadora de comida e fazer cair, gratuitamente, um *croissant* plastificado ou uma embalagem de pastilhas elásticas. As ruas estavam cheias de códigos, de pessoas de espécies diferentes, que se moviam em bando, ou predavam, ou procuravam camuflar-se na multidão, interagindo de formas misteriosas, mas passíveis de serem descodificadas. E eu sabia lê-las! No fundo, eu era um animal brilhantemente adaptado ao meu *habitat* e se calhar, nesse sentido, eu já era Natureza. Mas isso era só uma ideia, demasiado abstrata e que não me satisfez na altura.

De noite, os sonhos intensificavam-se. De um precipício escarpado lançava-se um voo de águia sobre um território farto e fecundo, num emaranhado de tons de verde de onde exalava o cheiro intenso a terra húmida. Todas as noites eu me precipitava por uma paisagem diferente, tudo tão diverso, abundante e inverosímil que não conseguia atribuir-lhe significado. As noites encheram-se de plantas e das suas flores e frutos exóticos, que eu nunca tinha visto, muito menos provado, nem sequer sabia o nome: "mangostões", "cherimólias", "granadilhas", "pitaias", "tamarilhos". Eu continuava a querer tornar-me a pessoa que não era, e aquelas imagens eram a única coisa que me permitia crer que já a trazia dentro de mim.

Estava a conseguir caminhar cada vez mais devagar.

Quanto passeei eu nesse tempo! Não houve alameda, praça e pracinha, recanto, beco ou valeta que eu não considerasse. É certo que não conhecia outra, mas achava a minha uma cidade particularmente consagrada ao betão, à pedra, à chapa e ao zinco, com raras árvores, com exceção do Parque Central, onde passei a ir diariamente espreitar os esquilos. Era um parque pequeno, menor do que a área de restauração do Centro Comercial, mas grande o suficiente para albergar mais espécies e plantas do que aquelas que sabia nomear. Num dos livros que o Bibliotecário escolhera para mim, lia nomes então estranhos:

corvo, gralha, pato-bravo, chapim, garça-real — dizia-os em voz alta, anunciava, bradava, atenta a ver qual dos diferentes bichos reagia. Estava sentada com o olhar sobre o livro quando pronunciei baixinho "andorinhão" e um passaroco pequeno e delicado, de chilreio fino, veio pousar diante dos meus pés. Senti um entusiasmo indescritível. Repeti "andorinhão, andorinhão, andorinhão", e o pequenito encarou-me e inclinou o pescoço. Aí estava! Era o começo de uma grande aventura.

Reconhecia agora a cidade como um lugar excepcional para os animais: desperdiçamos comida nos contentores onde se banqueteiam; o nosso afã acumulado produz calor com que se aquecem; e as nossas construções, sobretudo as suas ruínas e catacumbas, são refúgios onde se resguardam. Além do perigo que são os humanos, na cidade não deve haver grandes predadores. Eu, se fosse um animal, também escolheria viver aqui. Ou melhor, eu sou um animal e escolhi aqui viver.

Desfilava agora diante dos meus olhos, apesar de lá sempre ter estado, uma quantidade inaudita de cães, gatos, pombos, osgas e lagartixas, moscas e vespas. Descobri guaxinins na garagem do prédio e parecia não haver recesso onde uma aranha não tivesse tecido a sua teia. Encontrei bichos e plantas prosperando na vida urbana, cotejei os seus nomes nos manuais da Biblioteca: lebre ou coelho? Grilo ou cigarra? Abelha ou vespa? Tantos pássaros e insetos que eu simplesmente não conseguia distinguir. Borboleta ou mariposa? Formiga-de-asa ou térmita alada? Rato ou ratazana? Ou musaranho? Cobra-de-água-de-colar ou viperina? Pato ou ganso? Sapo ou rã? Mocho ou coruja? Pombo ou rola? Doninha ou fuinha? Ou texugo? Garça ou cegonha? E as aves de rapina que eu conseguia escutar de noite, mas nunca via, e os morcegos, e as centopeias e as baratas e... Era difícil acreditar que todos estes animais tinham existido em meu redor, sem que eu os visse, convencida de que a Natureza era o longínquo, um lugar que se define por não ser cidade.

Foram muitos dias sentada no banco do Parque Central com livros abertos sobre o colo. O *Herbário* parecia-me uma língua mais exótica do que o inglês ou o espanhol que não cheguei a aprender. Acompanhavam as minhas leituras diferentes pássaros, dos quais só distinguia os pombos. Pareciam-me adoráveis, com os seus curtos trinados e a sua moção assustadiça. Por toda a cidade tinham sido colocados espigões para que os pombos se magoassem. Perante um destes dispositivos, recordo-me de ter pensado que há duas grandes categorias de animais: os que despertam em nós ternura, e que convidamos para dentro das nossas casas para serem parte das nossas famílias; e os que despertam medo, ou asco, e queremos ver bem longe, quando não eliminar. Sabia que o pombo pertencia ao segundo grupo, mas não sabia ao certo porquê. Apercebia-me de que pintam tudo de fezes, nem poupando a mochila de uma criança ou a testa de um senhor aposentado, mas pareciam-me também atentos e compenetrados. São capazes de reconhecer caras. Aprendi isto num dos livros que o Bibliotecário me ofereceu (ainda que tivesse de os devolver).

Deparei com todo o tipo de ideias sinuosas e complexas: li que o solo debaixo dos nossos pés é expressivo e conta histórias milenares na sua constituição, narrativas desmedidamente maiores do que a escala humana, e que até a composição do ar, mesmo que não entendesse bem como, podia ser considerada *natural*. Quanto mais lia, mais confusa ficava. Não encontrava uma diferença substancial entre a matéria de que era composta a minha ideia de *campo*, de *natureza*, e as diferentes matérias que compunham a cidade. Não era difícil encontrar em meu redor madeira, pedra, palha, diferentes metais. Os materiais que elevam os edifícios são também eles compostos de argila, calcário e água. O tapete por onde rolam os veículos é tecido com diferentes minerais e petróleo. A cidade, no fundo, era apenas o campo reordenado de uma maneira que nos parecia humana, ou artificial, mas não deixava de ser essencialmente natural.

Reparei que, no parque, alguns pássaros adicionavam aos seus ninhos elementos de plástico e de metal. Via-os passar com um pau de gelado no bico, um porta-chaves reluzente, um pedaço de plástico azul que terá sido parte de um brinquedo. Lixo, diríamos. Nós recolhemos a folhagem e os galhos com que eles constroem as suas casas para fazer as nossas coisas; e eles, por sua vez, vinham buscar as nossas coisas para construir as suas. Poderia ser o começo de uma história interminável.

Nestes livros, cheios de ideias grandes, deleitava-me. Menos atraentes eram os romances. Mesmo assim, esforcei-me por lê-los, pois percebi que era por estes que o Bibliotecário guardava mais apreço. Empregava a palavra "literatura" como se fosse um bem maior. Tentei com afinco. Não conseguia fixar o nome das personagens, parecia-me tudo tão artificioso. Preferia ideias a histórias. Gostava de estudos: *Investigação demonstra que cada pombo pertence a vários bandos. Um indivíduo pode passar a manhã inserido num bando, a tarde inserido noutro, e juntar-se a um terceiro ao cair da noite.* Cada vez gostava mais deste bicho!

Entre os romances que ele me ofereceu, estava a história de um urso que narra a própria vida, as peripécias de tentar vingar no mundo dos humanos. Não aprendi nada sobre ursos; qualquer observação dizia respeito, no fundo, à natureza humana. O urso era um adereço, um disfarce, e por isso chamei àquele tipo "carnavalesco" e pedi ao Bibliotecário para não me recomendar mais deste género. Se conseguisse emprestar-me um livro realmente escrito por um urso, nisso, sim, eu estaria interessada. Ele riu-se, disse que não conhecia nenhum livro escrito por um urso, mas que iria estar atento às novidades editoriais.

De facto, só terminei um entre os muitos romances que me ofereceu, com algum esforço, mas não sem proveito. Tinha sido escrito por uma senhora que ganhou o Prémio Nobel. Eu desconhecia que as mulheres podiam receber este galardão, sempre achei que era uma distinção para homens, e creio que só por esse espanto me senti logo em dívida com aquele livro e com aquela mulher, que me pareceu tão bela no retrato da badana, de rosto cinzelado e sobrolho arqueado. O nome impronunciável tornou-se logo para mim sinal de força e possibilidade. Então, se era verdade que uma mulher podia ganhar o Prémio Nobel, o que mais podíamos nós fazer? A escrita dela era difícil, mas lê-la dava-me a sensação de estar a fazer qualquer coisa importante. Do que mais gostei foi da forma como a história se deixava habitar por animais — corças, raposas, javalis — cuja função não era espelhar a natureza humana. Os animais da história eram eles próprios: muitas vezes distantes, incompreensíveis, de uma outra ordem, com diligência própria. *Nós temos uma visão do mundo e os Animais têm um sentido do mundo, sabias?*, pergunta a protagonista. Sim, esta personagem era mais culta e sensível do que eu, mas de alguma forma identifiquei-me com a sua forma de olhar, e foi isso que me fez gostar mais deste romance do que dos outros. Era um bocadinho sobre mim.

Este livro também continha referências à astrologia, com explicações sobre diferentes planetas e as casas que ocupam (eu não sabia que os planetas também tinham casa, descoberta que me fez sentir simultaneamente pequena, quase ridícula; mas também longa e cósmica). Achava que a astrologia era uma ocupação para pessoas um pouco básicas, como eu, e não para uma mulher que até vence um prémio reservado aos homens.

Devolvi-lhos, os lidos e os por terminar, e ele deu-me outros três. Não estava pronta para desistir dos romances ou de qualquer outro livro. Abalroavam as minhas ideias sobre o mundo. Talvez um deles fizesse ruir a convicção de ser uma pessoa demasiado simples e desprovida de horizontes. Talvez num destes livros aparecesse alguém como eu, deslocada como eu, perdida como eu. Talvez num destes livros eu me encontrasse.

Descobri que gostava sobretudo de ler no comboio, no autocarro e no metro. Uma das condições para receber o Subsídio era comparecer a múltiplas entrevistas de emprego. Podia chegar a ter quatro por semana, em sítios apartados da cidade. O Governo devolvia o dinheiro destas deslocações, e eu achei maravilhoso poder viajar de graça, mesmo quando só via o túnel do metro. Como a nova remessa de romances que o Bibliotecário me presenteou incluía a crónica de uma mulher que larga uma vida estável, marido e três filhos para ir para o meio do bosque viver com as toupeiras, o meu olhar estava permeável a tudo o que dizia respeito a túneis e canais subterrâneos, e a viagem encheu-se de novos significados.

Perdi a conta do número de entrevistas a que fui. Vivia na antecipação da seguinte, único momento em que interagia com outras pessoas. Como sabia bem ter com quem falar que não fosse eu própria! Tinha, no entanto, o cuidado de não usar as palavras novas que diariamente anotava e memorizava. Contava com o diagnóstico de burrice vitalícia para não ser selecionada para nenhum daqueles empregos — mantinha o plano de nunca mais trabalhar. Aprender a andar devagar era ainda a minha força.

Estas devem ter sido as semanas mais felizes da minha vida, passadas entre entrevistas, livros e troca de ideias com o Bibliotecário e a atravessar a cidade como quem se aventura nos trilhos de um bosque secular. Quanto mais tempo tinha, mais tempo gerava. Caminhava atenta a tudo, cada vez mais devagar, plena em cada passo: testemunhando a forma como as árvores tateiam o céu; as andorinhas que nidificam sob as telhas de uma fábrica; a espada do sol a cortar os volumes na diagonal, a banhar tudo de mérito e vitalidade. Num dos trajetos junto ao lago, avistei um falcão-peregrino a investir sobre a presa, a abocanhá-la e a levá-la consigo num só movimento. Fiquei siderada.

À medida que a hipótese de ser alguém mais ligada à Natureza se sedimentou em mim como um desígnio, tornei-me mais criteriosa nos livros. Fazia pedidos mais certeiros. O Bibliotecário começou a encarar-me de um outro modo. Nunca ninguém me tinha tratado com tanto respeito, ou se tinha alguma vez empenhado em conhecer os meus gostos e afinidades. Em conhecer-me. O Bibliotecário fazia perguntas, e o que eu respondia informava a sua sugestão seguinte, ou várias sugestões depois, quando eu já me tinha esquecido. Às vezes, antecipava-se. Percebia o que eu queria mesmo antes de eu o saber. O Bibliotecário era um farol.

Também as noites se iluminaram de sonhos de uma intensidade imprevista. Assumiram dimensões que me deixavam incrédula, por serem afinal sonhados por uma pessoa limitada. Dominavam-nos fabulosos insetos, seres visionários. Talvez se devesse a partilharmos qualquer metrópole com melgas, moscas, vespas e formigas, libelinhas, escaravelhos, borboletas, abelhas, gafanhotos, percevejos: são o grupo zoológico mais abundante e base de muitas cadeias alimentares. Até o gatinho fofinho da Dona Alice, minha antiga vizinha, que de outra forma só comeria um preparado húmido da latinha mais cara da loja, ainda assim se deleitava com um bom moscardo. Quiçá sejam eles, os mais pequenos seres, esvoaçantes e rastejantes, que nos emprestam a sua cidade, que toleram que nela habitemos e sigamos com os nossos ambiciosos projetos, alheios ao seu domínio. Formas de vida inscritas na entrelinha das nossas vidas, nas arestas, nas rimas, nos mais ínfimos espaços vazios, onde se travam batalhas e se encetam complexas colaborações, constantemente, fora e até dentro de nós. Pensei nos vírus e nas bactérias, nas vidas que escapam à escala do olhar — não são eles que nos arrendam a sua morada? Quer dizer, se lhes desse para isso, seríamos dizimados de qualquer megametrópole no tempo em que o monge budista apanha com os pauzinhos uma mosca.

Perceber isto conduziu-me ao sonho que considerei o apogeu do meu palmarés desde que a minha mãe morrera: foi um sonho em que aprendi a caminhar de tal forma lenta que era como se nem caminhasse. Escorria pelas ruas, deslizava nos passeios. O meu corpo dançava, livre, respirava com os materiais e observava como cada coisa se liga de volta à origem, retornando a si: pneus, luvas, galochas e brinquedos de borracha regressavam à seringueira amazónica, outros liquefaziam-se no petróleo, as roupas desfaziam-se em fios, gerando a fibra do linho e a flor do algodão, o café aninhava-se no grão original. Os prédios implodiam lentamente, desfeitos em pó e terra; não sobrava nada de pé. Na farmácia, os medicamentos voltavam a ser planta e a mercearia cobria-se dos cereais dos quais extraímos o pão e a cerveja. Na rua, diferentes metais fundiam-se no subsolo, e partículas dos mais variados elementos voavam com o vento, de volta ao começo. A cidade assumia o seu estado primeiro, vegetal, simbiótico. O oxigénio revinha às plantas. Os humanos que sobreviviam eram os que aprendiam a fazer parte, a colaborar. Os livros, todos eles, cada um, encaixavam-se de volta nas árvores.

Na manhã seguinte ligaram-me do Centro de Emprego: "Parabéns, a vaga é sua". Como?! Nem me lembrava de ter sido entrevistada para o Matadouro Municipal — o que me teriam perguntado para definir se estava apta? — "Iremos cancelar o Subsídio Extraordinário. Passará a receber um ordenado da sua nova Entidade Patronal".

Foram-me atribuídos turnos de dez horas com uma folga semanal. Se recusasse, perderia o Subsídio. Não teria como pagar a luz, o gás e a água. Cheguei a contemplar viver assim — visualizei o cacto, tinha passado mais de um ano desde aquele fabuloso sonho — mas, justamente, olhei a quantidade de plantas que entretanto acumulara e senti-me desolada perante a possibilidade de não ter água para lhes dar. Decidi então que o melhor plano seria revelar-me tão inapta no novo emprego, mostrar-me tão burra e incapaz, que logo me despediriam, e eu poderia manter--me com a minha abastada quinta parte do Salário Mínimo.

O Matadouro situava-se às portas da cidade, eram precisos dois autocarros para lá chegar. Explicaram-me que seria magarefe, sem me explicarem o que isso era. Não teria ajudado dizerem "açougueiro" ou "carneador", não conhecia esses termos — e confesso que são das poucas palavras que preferia nunca ter aprendido.

No extremo de um colossal pavilhão entravam os animais, alinhados num corredor exíguo, aguilhoados, assustados, frenéticos. Do extremo oposto saíam sacos de plástico com peças. O cheiro era nauseabundo, e ensurdecedor o barulho das máquinas que avançavam as carcaças ensanguentadas pela linha de produção. Os trabalhadores das diferentes etapas — atordoamento, abate, lavagem, sangria, esfola, retirada de chifres, da cabeça, das entranhas, desossa, serragem, marcação — bradavam uns aos outros instruções numa berraria ininteligível. O chão estava coberto de uma papa de sangue, fezes e vísceras.

Uma mulher alta, magra, de sobrancelhas louras e rosto traçado noutras latitudes, abordou-me e elevou a voz sobre o chinfrim: "Não preocupar, primeira vez difícil, depois acostumar. Não problema. Trabalhar. Trabalhar. Acostumar". Passou-me um fato plastificado com botas até ao joelho, dois pares de luvas, um avental que cobria todo o corpo, diferentes máscaras e um chapéu, tudo de cor branca. Ordenou: "Começar. Rápido".

Era veloz e feroz, o trabalho. Nos primeiros dias não parei um só instante de correr. Não me lembro de ter ido à casa de banho, nem de ter comido. Todos se apressavam, ninguém se entreolhava. Era como se a possibilidade de pousar o gesto mais do que um instante nos fosse revelar um incomensurável sofrimento.

Ali percebi que, afinal, há três categorias de animais. Além daqueles que convidamos para as nossas casas e que amamos, e dos que erradicamos porque nos causam medo ou nojo, existem aqueles que entram em nossa casa em pedaços, estropiados, para nos alimentar. Por que motivo decidimos amar cães, gatos e periquitos; aniquilar baratas e mosquitos; comer porcos e coelhos; e vestir-nos com vacas e ovelhas, era produto de uma lógica que cessou de ser inquestionada em mim.

Deixei de conseguir caminhar devagar. Mal conseguia encarar a cidade nos trajetos de autocarro que terminavam a desabar na cama. Seguia viagem com o olhar deitado sobre as mãos, pousadas nos joelhos, tentando conceber que estes mesmos dedos, estes mesmos pulsos, tinham passado horas a desmanchar e esquartejar seres recentemente vivos. Toda a alegria descoberta na minha nova vida se apagou em poucas semanas de Matadouro. Nunca mais consegui voltar à Biblioteca, não voltei a falar com o Bibliotecário. Nem a ler. De noite, até os sonhos me abandonaram. Estava gasta e vazia. Por muito que me lavasse e esfregasse, não conseguia arrancar de mim o cheiro fétido.

Certa tarde, a caminho do turno da noite, o autocarro ficou bloqueado no trânsito. O motorista anunciou, despreocupado, que um dos pavões do Parque Central se escapara e fora cilindrado por um camião de mercadorias. Angustiada, abri caminho entre os corpos e escapei do autocarro; abri caminho entre os carros parados; abri caminho e corri — agora, sim, fazia sentido correr; abri caminho até à clareira onde uma pequena multidão improvisava a arena de um espetáculo espontâneo, empunhando telemóveis para fotografar um enredo de penas e entranhas tão tenebroso quanto hipnotizante. Acotovelavam-se para conseguir a melhor fotografia, entusiasmados por terem algo tão insólito para lhes abrilhantar as redes sociais. Gatinhei por entre a arborização densa de pernas. Quando cheguei ao Pavão, aninhei-me rente ao que dele restava, uma tapeçaria de plumagem entrelaçada a vermelho sanguino, e foi aí que chorei. Foi só aí que eu chorei. A mãe, o Salão, a casa vazia, o desamparo. Ao longo de todo este tempo, não me tinha ocorrido chorar.

As mulheres do Matadouro levaram-me em braços de volta ao autocarro, mas eu não queria seguir em frente. Queria só chorar aquele ser, a sua faustosa beleza desperdiçada, o leque da sua cauda exuberante, o desenho impensável das cornucópias lilases e verde iridescente, com ligeiros toques de bronze, esmagados contra o alcatrão negro. Queria levá-lo comigo, colocá-lo sobre o televisor, junto às cinzas da minha mãe. Queria só que me deixassem chorar.

A partir desse dia tornou-se insuportável o cheiro infecto da secção de desmanche. Estava zangada, revoltada; mas não havia, em toda aquela estrutura, um capataz a quem dirigir o meu rancor: a podridão tinha sido redistribuída irmãmente pela hierarquia. O Matadouro era um reino de pequenos poderes. Sim, no topo havia um Patrão, um velho rebarbado que explorava e abusava das mulheres mais jovens da linha de montagem, levando-as para o seu gabinete sob ameaça de perderem o emprego. As mulheres, ali dentro, eram barganhadas como as peças de carne, perante a frustração dos homens vergados, incapazes, e umas e outros o que faziam era descarregar nos bichos, o elo mais fraco. Deleitavam-se com fazer os animais sofrer bem para além do necessário. Torturavam-nos com notória satisfação. Narravam esses feitos de seguida, na curta pausa de almoço, numa vanglória escabrosa das tantas formas que iam divisando de adiar a morte e prolongar o sofrimento destes seres. Homens e mulheres riam, de bocas muito abertas. Ninguém ali lavava as mãos ao chegar a casa, ninguém estava limpo.

Era tentador concluir que não havia diferença entre esta cadeia de opressão e o resto, lá fora, mas recusei-me. Esforçava-me por pensar no Bibliotecário, no Senhor da Funerária, na senhora que tinha intercedido por mim no Centro de Emprego, em todas as pessoas boas e generosas que conhecia. Apaziguava-me. Só que também elas chegavam a casa ao final do dia e jantavam o produto deste sofrimento. Não havia escapatória, a morte estava mesmo por todo o lado.

Já ninguém salvaria a minha mãe, já ninguém me salvaria, por muito devagar que aprendesse a caminhar. Não demorou até me convencer de que a única remissão possível seria salvar estes bichos.

No Julgamento, mais tarde, perguntaram-me se eu acreditava que a vida de um animal é mais importante do que a de um humano. Vi na reação do advogado que dei a resposta certa — "Não, Sr. Juiz, não acredito" —, mas aqui dentro, ao longo dos anos, com todo o tempo que tenho, regresso uma e outra vez a essa pergunta e ensaio as respostas que poderia ter dado. Queria ter-lhe dito que o amor ao não humano não é sintoma de misantropia, é apenas uma extensão da função humana de amar, um reconhecimento de que somos uma pequena parte na escala maior das coisas. Queria ter-lhe dito que a nossa vida depende destes seres que maltratamos, animais e plantas; e que a Vida é o valor mais alto. Queria ter-lhe confessado que também em minha casa se comeu muita carne, que eu nem sequer advogava a sua proibição, mas que não nos poderíamos alguma vez considerar uma espécie civilizada enquanto às portas das nossas cidades existissem Matadouros onde os nossos companheiros de outras espécies sofressem de formas tão abjetas. Queria muito ter-lhe dito isto: "Os nossos companheiros de outras espécies".

Talvez até lhe falasse de uma ideia que tive: "Não sei como se poderia legislar isto e talvez o Sr. Juiz me pudesse elucidar: imaginei que a cada cidadão fosse dada uma arma branca, e proibidas as armas de fogo, e decretado que poderíamos comer apenas os animais que matássemos com as próprias mãos. Repare, Sr. Juiz, talvez se a relação com a morte for direta, sem pesadelos como o Matadouro escondidos nos arrabaldes, sem cuvetes de plástico impecavelmente iluminadas no supermercado, talvez o sangue que nos mancha as mãos se torne o sangue dos justos. Acha impraticável, Sr. Juiz? Que só comamos aquilo que sejamos capazes de matar e de ver morrer? Perdoe-me, sou só uma ignorante, sem estudos, sou uma bruta. Não sei nada. Ainda hoje, com todos os livros que li, e não li pouco, talvez saiba ainda

menos do que sabia antes de os ler, malgrado as palavras caras com que agora me expresso. Diga-me, Sr. Juiz, o senhor que é tão sabedor das coisas humanas: podem as pessoas que sabem muita coisa viver falsamente convencidas de que sabem todas as coisas? Podemos estar erroneamente convictos de que um lugar como o Matadouro Municipal tem de existir?".
Revejo estas palavras uma e outra vez; repito-as alto e em silêncio, mas termino sempre no mesmo precipício, forçada a aceitar que tudo o que disse foi:

"Não, Sr. Juiz, não acredito".

Um último sonho, na noite que sucedeu ao encontro com o Pavão. A boca irada de um vulcão atiçado, a lava que jorra a altitudes imensas e apedreja a multidão esbaforida, numa ofensiva furiosa. Percebi logo o que queria dizer. Fui direta do final do turno à Biblioteca. Pedi ao Bibliotecário todos os livros que me pudesse arranjar sobre manufatura de bombas. Ele, atrapalhado, hesitante, balbuciou que esse é o tipo de informação que melhor se encontra na internet. Foi o que fiz.

Em casa, anotei as diferentes etapas do meu plano e colei-as na parede, como um mapa. A voz da minha mãe regressou para me elogiar — o primeiro elogio que ouvi dela em toda a vida: "Ora, aí está uma coisa bem feita!".

A calamidade rodopiava pela sala e vestia as saias da minha falecida mãe, que ria, ria, ria muito, como nunca na vida a ouvi rir.

Tenho pena de não saber se o plano teria resultado, porque me interceptaram logo à terceira de nove etapas. Alguém me denunciou. Fui presa. E é esta a história de como aqui cheguei; mas ter cá chegado não foi um final, apenas um começo. Foi cá dentro que percebi que a melhor forma de aprender a andar devagar é não ter para onde ir.

Gosto muito deste lugar. Falo e tenho quem me ouça. Há quem queira saber quem sou, quem me pergunte: "Como vieste aqui parar?" — isso nunca me acontecia lá fora. Cá dentro sei do que preciso, do que gosto, como ser útil aos que me rodeiam. Percebo o meu lugar e o meu valor. Vês, afinal os livros não nos ensinam tudo... Duvido que algum sugira a busca da felicidade na prisão!

E não é por o edifício prisional ser este monólito de betão, rodeado de aridez, que me sinto menos ligada à Natureza. Por sorte, temos a horta, onde passo todo o tempo livre, e das janelas viradas a sul vemos os antigos campos de golfe, um nada sem fim sobre o qual variadíssimos pássaros rasgam os céus, e eu cada vez melhor os distingo. A oeste, dos janelões da cantina, consigo ver o recorte da cidade, com as suas escamas de vidro e o seu esqueleto de ferro. Ao final do dia, tenho vista privilegiada para a dança dos estorninhos, afagando o céu com o seu voo de pelúcia. Também vejo muitos bichos e plantas a norte, apenas que ali não nos deixam estar tanto tempo. Às vezes, uma matilha de hienas margina as casas, até que alguém no Matadouro lhes dê restos de ossos e detritos.

Encontrei aqui pertença, mas não estou em paz. Nem desisti do meu plano. Cada vez que arrosto o Matadouro, os fumos que lança desenham no firmamento o meu destino. Aquela exalação é a certeza de que milhares de animais continuam a sofrer desnecessariamente e a morrer de forma trágica. Nunca me habituarei. Faltam três anos, quatro meses e dezanove dias para sair — e eu sou uma pessoa que aprendeu a andar mesmo muito devagar.

O Bibliotecário, nos primeiros meses, vinha visitar-me todas as semanas, trazendo-me novas remessas de livros, apesar da Biblioteca da prisão não ser má. Entretanto já a li de uma ponta à outra, dicionário incluído. Agora sei empregar palavras como "rapace", "malgrado", "intrépida", "abjeto", "hialino" e tantas outras.

Na última visita o Bibliotecário estava agitado. Falou em tom solene, pausado, sopesando cada palavra. Disse que eu era das pessoas mais inteligentes que alguma vez conhecera — nunca ninguém me tinha dito nada parecido — e que lamentava muito que a minha história tivesse terminado assim. Não disse "assim", disse "aqui". E depois pediu desculpa, várias vezes desculpa, e desde esse dia não voltou mais. De volta ao pátio, a sós, olhei o céu: dois abutres contornavam as espirais rasgadas pelo voo um do outro. À medida que as decifrava, entendi como foi que aqui vim parar.

O Bibliotecário, sim...

Ajoelhei-me à sombra da única árvore do pátio. Este lugar é especial por muitos motivos, mas talvez o mais inesperado é existir aqui uma árvore tão rara, das últimas da sua espécie. Quando primeiro a vi, reconheci imediatamente o cacto do meu primeiro sonho. Nunca me atreveria a imaginar que pudesse ser tão grande. Tem a altura de quatro mulheres!

Encontrei-o nos livros: nem sequer se trata de um cacto, apesar das suas hastes em gomos segmentados. É uma *Euphorbia candelabrum*, uma variante rara que foi sendo sucessivamente dizimada pelas secas e pela destruição dos *habitats*. Resta esta, que aqui temos, e duas ou três em todo o mundo.

Uma vez por ano, no Outono, florescem pequenas flores amarelo-esverdeadas, idênticas às inscritas no pequeno féretro lacado onde mora a minha mãe. As flores da *Euphorbia* atraem borboletas e abelhas; e as sementes comestíveis atraem aves, que chegam a fazer ninho no copioso emaranhado.

Encosto-me à árvore mais solitária e os seus espigões retraem-se para me acolher. Não há grande diferença entre a sua pele estalada pelo sol e a minha, se formos profundamente dentro da matéria. Ela lembra-se de histórias que eu já esqueci, e eu conheço palavras que ela nunca pronunciará: completamo-nos. Ela devolve-me a amplitude e o horizonte, é mestre na arte de se espreguiçar devagar. Enganam-se os que julgam que as árvores estão quietas. Há que contemplá-las noutra escala temporal.

Às vezes estamos tão próximas que me convenço de que a entendo, que decifro as suas vontades. Tem-me pedido para abrir mão das terminologias, para abandonar o labor de memorizar palavras novas. Não é fácil. Tento destruir os instrumentos com que os homens dividem e separam: *cacto, pedra, urna, talho, conto, punho, pombo, sede, veste, haste, perda, morte, daninha, matadouro...* Alguma árvore sobreviverá ao dia em que se extinguirem as nomenclaturas. Quando eu, sem fronteira com o que me rodeia, nunca mais me sentir só.

Copyright © 2023 Joana Bértholo

Revisado segundo o Novo Acordo Ortográfico da Língua Portuguesa.
Nos casos de dupla grafia, foi mantida a original.

CONSELHO EDITORIAL
Eduardo Krause, Gustavo Faraon, Luísa Zardo,
Nicolle Garcia Ortiz, Rodrigo Rosp e Samla Borges
PREPARAÇÃO
Reginaldo Pujol Filho e Rodrigo Rosp
REVISÃO
Evelyn Sartori e Samla Borges
CAPA E PROJETO GRÁFICO
Luísa Zardo
FOTO DA AUTORA
Matilde Fieschi

DADOS INTERNACIONAIS DE
CATALOGAÇÃO NA PUBLICAÇÃO (CIP)

B538n Bértholo, Joana.
Natureza urbana / Joana Bértholo.
— Porto Alegre : Dublinense, 2023.
64 p. ; 19 cm.

ISBN: 978-65-5553-111-4

1. Literatura Portuguesa. 2. Romance
Português. I. Título.

CDD 869.39 • CDU 869.0-31

Catalogação na fonte:
Eunice Passos Flores Schwaste (CRB 10/2276)

Todos os direitos desta edição
reservados à Editora Dublinense Ltda.
Porto Alegre • RS
contato@dublinense.com.br

Descubra a sua próxima
leitura em nossa loja online

dublinense .COM.BR

Composto em TIEMPOS e impresso na BMF,
em PÓLEN BOLD 90g/m², em SETEMBRO de 2023.